# LEGENDE

## BAND 1 ~ DAS WOLFSKIND

Szenario & Zeichnung
Yves Swolfs

Farben
Sophie Swolfs

CARLSEN COMICS
1 2 3 4   07 06 05 04
© Carlsen Verlag GmbH · Hamburg 2004
Aus dem Französischen von Harald Sachse
LEGENDE – L'ENFANT LOUP
Copyright © Géronimo / Swolfs
Redaktion: Antje Gürtler
Textbearbeitung: Steffen Haubner
Lettering: Delia Wüllner
Herstellung: XiMOX!, Bielefeld
Druck und buchbinderische Verarbeitung:
Druckhaus Schöneweide, Berlin
Alle deutschen Rechte vorbehalten
ISBN 3-551-77921-X
Printed in Germany

www.carlsencomics.de

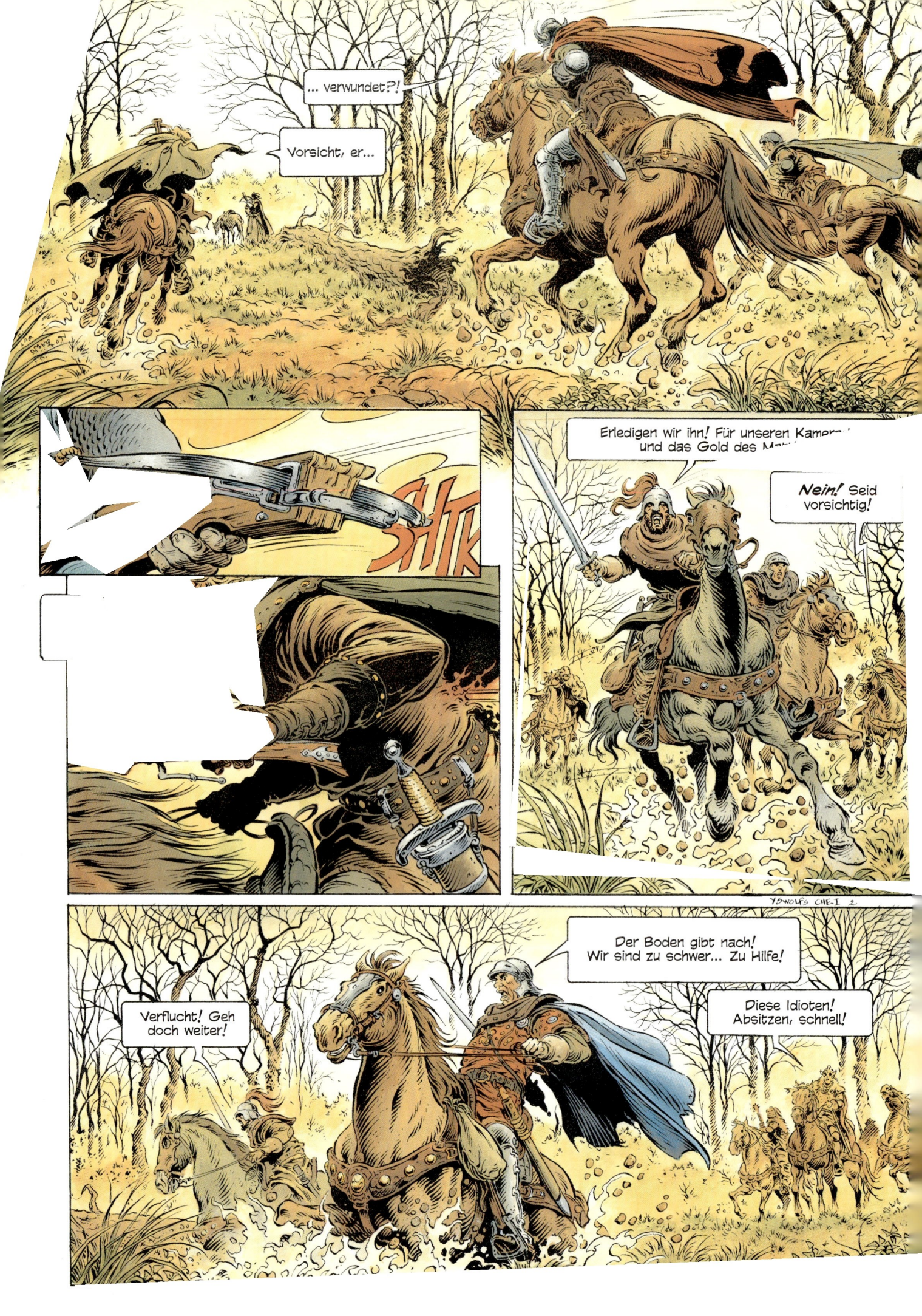

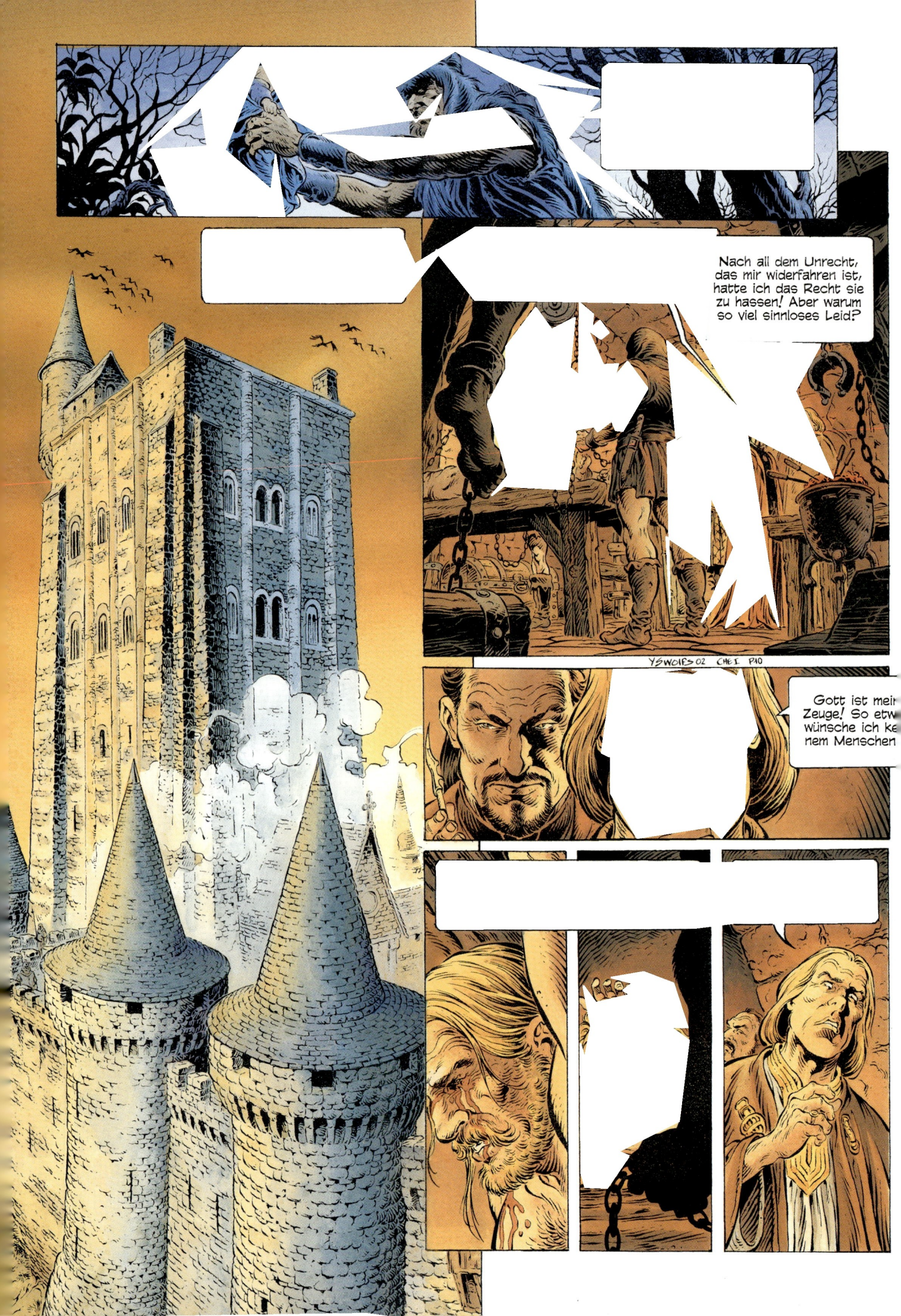

Hüte dich vor ihnen! Die kleinen Biester haben eine unstillbare Gier nach verlorenen Seelen.

Wenn du genügend Entschlossenheit zeigst, können sie dir kaum etwas anhaben. Sie nehmen nur die Schwachen mit, jene, für die das Leben jeden Reiz verloren hat.

Willst du ihnen deine Seele überlassen, Sohn? Bist du des Lebens überdrüssig?

Nein, aber manch-

Leider weiß ich kein Mittel, dir zu helfen. Du allein entscheidest, welchen Weg du gehen musst. Bei uns wirst du keine Ruhe finden!

... Wie könnte ich fern von euch überleben? Komm, Graue, lass uns ein wenig durch den Wald streifen!

Das Feuer!

Wenn man einer Familie, die sich mit Leib und Seele diesem Gott verschrieben hat...

... die größten Leiden auferlegt...

... Wenn im Haus nur Platz ist für den Ältesten, während der zweite für den Soldatenberuf ausersehen ist...

... Wenn diese Familie nichts sehnlicher wünscht, als ihren dritten Sohn dieser verfluchten Religion zu übergeben, während das Leben doch so süße Früchte verspricht... *das Feuer!*

Das Feuer allein verzehrt die Qualen des Unrechts!

Und die Inquisitoren, deren einzige Absicht es ist, die Natur des Menschen in ihrem Innersten zu fesseln...

... auch wenn sie vorgeben, die Sünder aufzunehmen und ihnen die göttliche Vergebung zu gewähren...

... Auch sie werden das Feuer der Rache kennen lernen, wenn sie sich mir widersetzen!

... so geht es ihnen doch allein darum, die Instinkte und den Durst nach Leben zu brechen, die jedem Wesen innewohnen...

Zum Teufel! Die Ärmsten...

Hendrick, du Dreckskerl! Dieses Mal wirst du büßen!

AHuuuuu!

AOuOuAOuOuOu OOuOuOu

OOuOuOu OOOOuuOu OuOuOu

Himmel, dieses Geheul kommt von überall!

Verfluchtes Pack!

Er wird mit seiner Meute kommen und uns mit einem Fluch belegen!

Sie werden uns auffressen!

Reiß dich zusammen, Mann! Solange wir den Bengel haben, wird der Zauberer nicht wagen, uns etwas anzutun!

...en sind AOUOUOU ... und es sind viele!

Schnauze, Feigling!

Wir sind zwanzig Mann! Wir schnappen uns das Bürschchen und ... im Galopp zur Burg zurück!

Außerdem sind wir schon da! Also los!

Hendrick, endlich! Gott sei Dank!

Die Wölfe! Dieser verfluchte Zauberer und seine Meute! Wir müssen...

*Das Kind, schnell!*

# 39

*Nein! Erbarmen!*

*Gnade... Aaahr!*

*Fackelt die Hütte ab! Befehl von Herzog Matthias! Macht schon!*

*Vergesst nicht, den Sack Gold wieder mitzunehmen! Aufsitzen! Der Nebel wird dichter!*

*Hauptmann!*

*Aaah...*

*Wozu lange an einem Ort verweilen, der die Spuren des Teufels trägt!?*

*Seht, da oben!*

*Gott erbarme sich unser!*

Was kann er uns tun? Er ist allein und wir sind außer Reichweite seiner Pfeile!

Nein, Hauptmann... Der Herr der Wölfe ist nie allein! Seht doch!

Da lang, Dreckskerl! Diesmal... Wir haben das Kind. Er wird es nicht wagen...

Hrrgh! WOUAC

Verflucht! Holt dieses Pferd zurück! Der Herzog verzeiht uns nie, wenn wir ohne...

Hol es dir doch selbst, Sergeant!

Kommt zurück, ihr Feiglinge! Ihr werdet alle hängen!

Lieber den Strick als die Wölfe, Sergeant!

Wir hätten immerhin einen Zauberer weniger...

Miese kleine Satansbrut!

Ooh... mein Kopf!

... Hoffe nicht auf deinesgleichen, wenn du dich retten willst!

Die werden sich nicht rühren... Ich...

Nahe genug. Ich versuche es...

EEH?

Nein! Aaah!

HROOO

HAAARR

Ich habe zu viel gehört, Vater! Ich habe dieses Mädchen gesehen, an das ich Tag und Nacht denke... Ich habe diesen Mann im roten Gewand gesehen, den sie Herr nennen...

Irgendwie flößt er mir Angst ein und weckt andere ungute Gefühle in mir... und doch zieht mich eine Kraft, gegen die ich nicht ankämpfen kann, zu ihnen hin. Ich will fort aus dem Wald...

Ja, der Augenblick scheint gekommen, zu allem Unglück für uns.

Ich weiß, es ist zwecklos, dich länger halten zu wollen, aber...

... lass mich dich ein letztes Mal begleiten!

Was ich dir beigebracht habe, wird nicht ausreichen, um in dieser Welt zu bestehen. Dort, wo du Grausamkeit, Lüge, Gier kennen lernen wirst... und Hinterlist...

... Du wirst lernen, ohne Seele zu siegen... und das Kind, das ich kannte, wird aufhören zu existieren. Du wirst mir fehlen, mein Sohn...

Sie bringen sich gegenseitig um und scheinen noch Gefallen daran zu finden. Aber warum fürchten sie euch und hassen Wölfe so sehr?

Der Wolf entzieht sich ihnen. Sie werden niemals einen zahmen, folgsamen Hund aus ihm machen können...

Er bleibt ein [O]vale, dem der [M]ensch alle [du]nklen Seiten [s]einer eigenen [See]le zuschreibt!

Indem er den Wolf tötet, glaubt der Mensch, seine eigenen Dämonen zu jagen.

Dir wird es ebenso ergehen, mein Sohn, denn etwas vom Wolf wird in dir fortleben. Und da sie dich nicht unterwerfen oder in einen Käfig sperren können, werden sie dir nach dem Leben trachten!

Ich verdanke dir ein Leben, Wolf... Also, lass hören!

Ich komme, um dir Gelegenheit zu geben, eine alte Schuld zu begleichen, Abel...

Dieser Junge ist mein Adoptivsohn...

... Er brennt darauf, die andere Seite kennen zu lernen.

Ich bitte dich, ihn zu unterweisen.

Ich möchte, dass er wird wie du... dass er gerüstet ist, um dort zu überleben, wohin sein Herz und seine Neugier ihn treiben.

... Wie ich...

Keine leichte Aufgabe, die du mir da auferlegst. Aber da es dein Wille ist, alter Wolf...

... werde ich mein Bestes tun. Komm in fünf Jahren wieder. Wenn er überlebt hat, sind wir quitt!

Danke, Abel!

Leb wohl, Sohn!

Verliere nie den Mut!

**Keine Tränen mehr, Rotzbengel, wenn du eines Tages einer von uns sein willst! Verstanden?**

*Schluss jetzt!*

Du wirst lernen, dass hier nicht mal die kleinen Mädchen heulen! Sie erdulden Hunger, Kälte und Schmerzen, ohne dass ihnen auch nur die leiseste Klage über die Lippen kommt...

... Denn wir müssen härter sein, stärker als jene, die nahe diesem Wald leben und die davon träumen, uns die Schlinge um den Hals zu legen!

Sieh dir die Kleine dort an. Sie ist viel jünger als du, aber sie weiß schon, wie man einen Soldaten mit dem Dolch erledigt.

Sie wird sich immer an den Tag erinnern, an dem ich beschloss, dass sie nie wieder heulen würde!

Nimm dir an ihr ein Beispiel!

Der Wolf hatte Recht, Ritter...

... Ich spüre etwas von der Seele dieses Waldes in dir. Aber du musst jetzt schlafen... Im Schlaf kann dir der Tod nichts anhaben.

Nein... wir müssen weg von hier... Wir müssen diese Hütte verlassen!

Ich kenne meine Verfolger! Sie werden meine Spur bald finden...

... Sie werden kommen, dein Leben ist nicht mehr viel wert. Du hast mir geholfen... Du wirst keine Ruhe mehr finden...

Aber... wer sind diese Männer?

Die Söldner des Barons Kurtz... Schnell, mach dich bereit!

Ich sage dir, wohin du mich bringen sollst. Der Regen ist unser Verbündeter! Er wird ihre Suche aufhalten und viele unserer Spuren verwischen...

**Ende** der Episode